Chuva de pétalas

Se choverem pétalas
no teu quintal,
não penses
que são pétalas
ao deus-dará.

São pétalas
que fiz chover
só para te encantar.

Galante

CORTEZ EDITORA
Rua Monte Alegre, 1074 – Perdizes
05014-000 – São Paulo – SP
Tel.: (11) 3864-0111 Fax: (11) 3864-4290
cortez@cortezeditora.com.br
www.cortezeditora.com.br

Direção
José Xavier Cortez

Editor
Amir Piedade

Preparação
Alessandra Biral

Revisão
Alessandra Biral
Auricelia Lima Souza
Rodrigo da Silva Lima

Edição de Arte
Mauricio Rindeika Seolin

Impressão
EGB – Editora Gráfica Bernardi

Dados Internacionais de Catalogação na Publicação (CIP)
(Câmara Brasileira do Livro, SP, Brasil)

Proteti, João
Galante / João Proteti. — São Paulo: Cortez, 2012.

ISBN 978-85-249-1872-8

1. Poesia — Literatura infantojuvenil I. Título.

12-01046 CDD-028.5

Índices para catálogo sistemático:

1. Poesia: Literatura infantojuvenil 028.5
2. Poesia: Literatura juvenil 028.5

Impresso no Brasil — fevereiro de 2012

João Proteti

Poesia e arte

Galante

1ª edição

2012

CORTEZ EDITORA

Futuro garantido

Eu tenho mil projetos:
um haverá de dar certo!

Garanta-se:
fique por perto.

Asas multicores

Todo anjo
possui asas
assim multicores,
ou é só você
que dispõe
desse recurso
arrebatador?

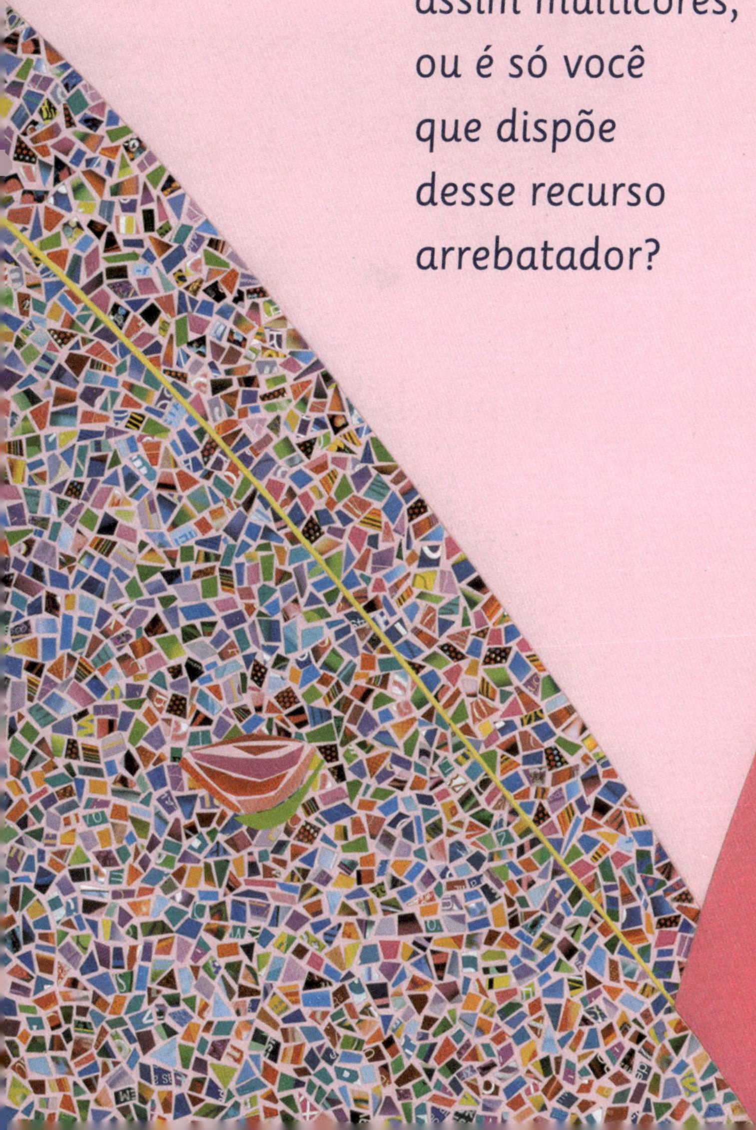

É por isso

Como assim,

por quê?

Porque
os jardins que em mim
florescem,
florescem por você!

Boa viagem!

Lado a lado,
meu calo
está cansado
de ser pisado.

Antes que vire
machucado
melhor cada um
pro seu lado.

Bomba de artifícios

Que tragédia,
que loucura,
que desperdício!

Quando te vejo,
viro homem-bomba
e me estouro
em fogos de artifícios.

evi uns versos.
de quem gosta.

revi uns ve
s de quem g

revi uns ve
s de quem

crevi uns v
os de quem

screvi uns
os de quer

screvi uns
sos de que

escrevi uns
sos de qu

escrevi un
rsos de qu

escrevi ur
rsos de q

escrevi u
ersos de c

e escrevi
ersos de

Controvérsia

Lhe escrevi uns versos.
Versos de quem gosta.

Mas há controvérsia
se são mesmo para você
ou se para aquela
que você era
antes de virar esta.

Gostaria de checar.

As portas estão abertas
e aqui dentro estão os versos.
Entre depressa.

Dançar na chuva

Dancei a dança da chuva
para que nos caísse um toró.

Está caindo.

Vamos dançar?

Acidente premeditado

Ela é tão desligada,
tão parada, avoada,
que nem sequer repara
que quando a vejo
meu coração
engata a primeira,
acelera e dispara.

Foi por isso
que a atropelei,
Sr. Delegado.
Condene-me
a cuidar dela
para todo o sempre,
obrigado.

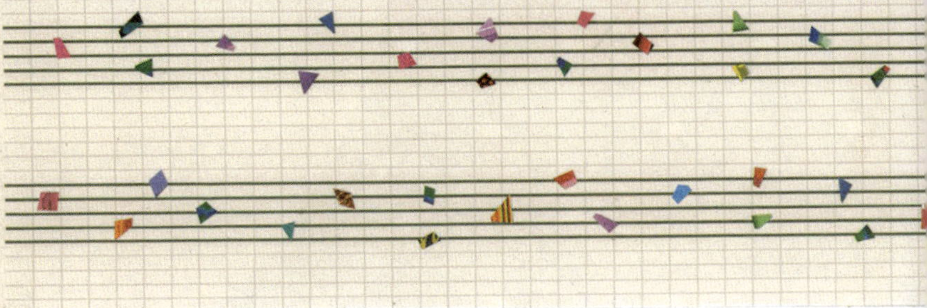

É simples e científico.
Se você não está comigo
não existo.

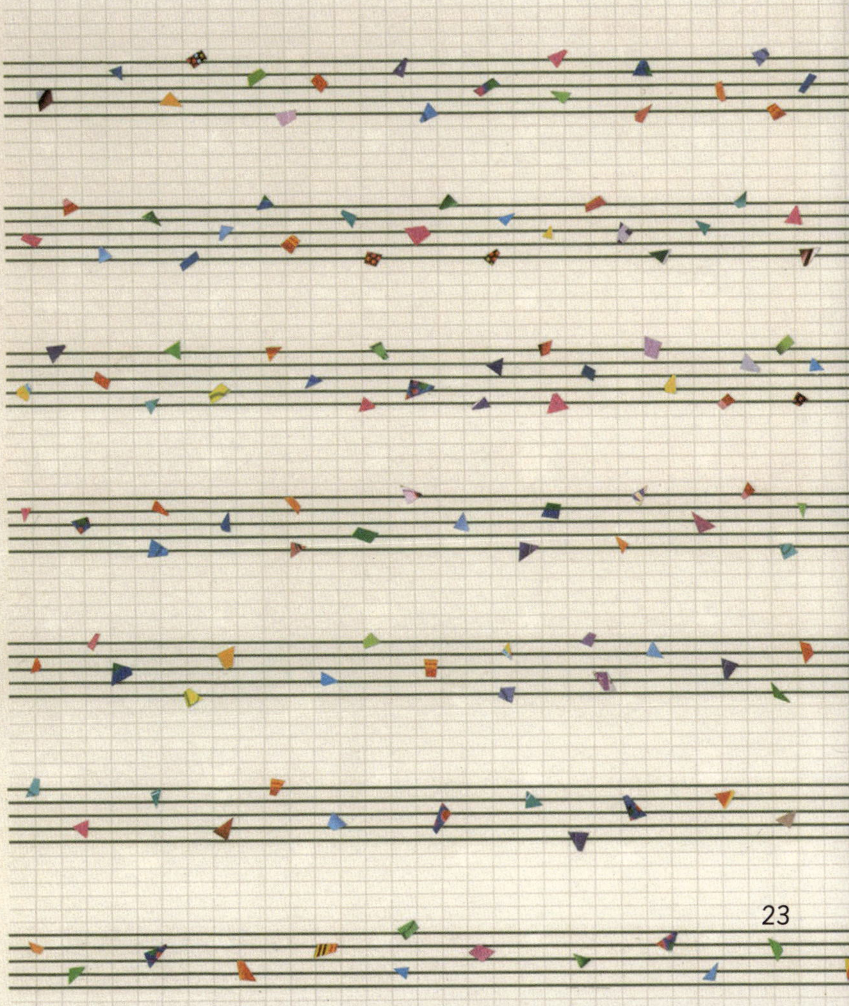

À mão

Nessa sua viagem
por esse mundo vão
quero que você me leve
como bagagem
de mão.

A outra face

Por ser
o amor
desalmado

é que
amo
desarmado.

Você vai ver.
Eu vou ser *feliz* de doer:

em você.

Azulou

Você
me foi gaiola.

Só percebi isso
agora
que consegui
botar você
pra fora.

Céu acima

Aqui,
acima do temporal,
é sempre tempo bom.

O que você
fica fazendo aí
embaixo desse trovão?

Rápido,
me dê a mão.

Fases

Nova?
Minguante?
Isso foi antes.

Agora
que te conheci
meu coração
crescente.

Até virar
cheia.

Para sempre.

Em queda livre

Você diz
que virou a página,
que pôs o ponto-final,
que fechou nosso livro
para sempre.

Já que brutalmente
está saindo
do nosso romance
tomara que você
despenque da estante.

Timidez

Você não gostou de mim
quando me conheceu.

vem eu.

Galante

Antes de ontem
roubei
a linha do horizonte.

Ontem,
num esforço de gigante,
a arrastei cruzando a ponte.

Hoje, eis-me à sua porta.
Aceita um rio, uma ave,
uma árvore e um sol poente?

Ou você prefere que amanhã
eu capture
uma estrela cadente?

Ou que depois de amanhã
eu rapte
a delicada minguante?

Só não me deixe à sua porta,
sem resposta, como se eu fosse
um romântico demente.

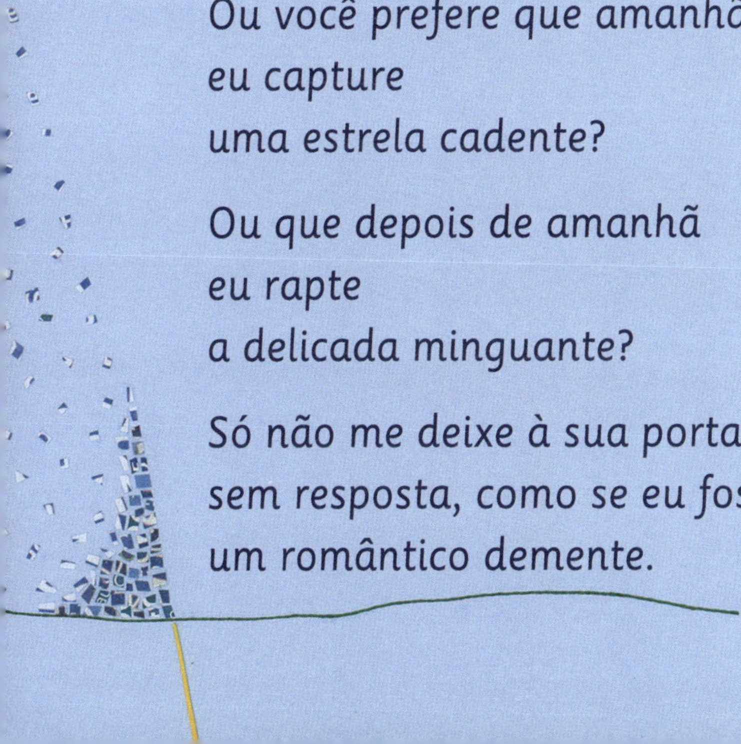

Para temporada

Procuro rede
de macia trama
para temporada
na varanda.

Não me importo
com o preço
desde que ela
já venha dentro.

Azar o teu

O que foi
que te deu?

Com esse adeus,
o azar
é só teu.

Eu?

Ao deus-dará!

Receita

Vou te revelar
um segredo.
Não te assustes.

“A vida te poderá
ser um doce”.

Queres saber a receita?
É fácil.

Basta me escolheres
para açúcar.

GPS romântico

Mandei romântico buquê
de rosa dos ventos
para ela me localizar
e vir ao meu encontro.

Ela não se deu conta
do meu intento.

Continuou com sua prática
de arrancar pétalas.

Perdi o norte!

Improvável possível

Você, do céu.
Eu, da Terra.

Tudo improvável.

Mas nos surpreendemos felizes
lado a lado.

Você, pés no chão.
Eu, avoado.

Nosso jardim: você, Sol.

Eu, girassol.

O dono da roseira

Eu sou o dono da roseira
e posso colher quantas rosas
eu quiser.

Você não.

Você é apenas a namorada
do dono da roseira
e só ganhará rosas
se eu, o dono,
achar que você merecer.

Pelas frestas

Faça chuva ou faça lua
hoje te farei uma seresta.

Não adianta fechares tudo.

Minha voz te invadirá
pelas frestas.

O teu apogeu
foi usufruir
do meu.

Adeus.

Só

Dei um soco
na solidão
que ela
sem vida
foi ao chão.

Agora,
que para sempre
me livrei dela,
serei somente

só.

Esfarrapadas

Peguei todas as suas mil desculpas
e as deixei no portão da sua casa.

O aspecto delas é feio, não se assuste.
São mil desculpas esfarrapadas!

Para mim, agora,
elas significam nada.

Recolha-as, restaure-as
e use-as com outro menos escolado.

desculpa

Última mensagem

Deixei meu amor
no portão da sua casa.

Recolha-o rápido.

Amor tem pressa,
amor tem prazo,
amor tem asa.

Se a canoa não virar

Tenha paciência,
espere mais uns dias.

Estou terminando
a canoa.

Depois sairemos
por esse rio
à procura
de pores do sol.

Torpedo

Vem voando
que está ventando
a nosso favor.

Pousa na varanda.
Estarei te esperando
entre as pétalas de flor.

Perdi o cometa

Lamento,
estou de volta.
É que perdi o cometa.
Agora não tenho mais
como ir
para outro planeta.

Você me perdoa
e me aceita?
Ou só me resta
a solitária sarjeta?

Você

Eu era mais feliz
quando eu era
uma ilha deserta.

(mas não estou bem certo!)

Olhos-estrelas

O buquê de estrelas
que você me enviou
coloquei na janela
do Universo.

Só para ficar namorando
o brilho dos seus olhos
enquanto adormeço.

Juntando os caquinhos

Você deixou
meu jardim despetalado,
minha lua cheia
em minguado fiapo,
minha viola em cacos,
minha vida diluída
em mil estilhaços...

E se foi.

Olhou para trás
para me ver farrapo.

Viu?
Não se assuste.
Tenho por tradição
me refazer em mosaico.

João Proteti

Nasci no dia 3 de agosto de 1952, em Andradina (SP). Percebi a poesia aos doze anos, quando o professor Vinícius nos apresentou a ela. Ele nos leu poemas e nos falou de alguns poetas. E o melhor: desafiou-nos a escrever versos. Fiz uma quadra, ele gostou. Fiz outra. E outra, e outra. Descobri que palavras encantam e arrebatam, salpicando poesia na vida. Nunca mais parei. Nem de escrever e muito menos de ler poesia. Hoje vivo em Campinas (SP).

Escrevi diversos livros, entre os quais estão *Bicho bonito, bicho esquisito!* e *Efeito Pazsarinho* (Cortez Editora); *À toa, à toa, Classificados desclassificados, Para se ter uma floresta, O verão, O inverno, Silencioso escarcéu* e *Tenho um abraço para te dar* (Papirus); *História de amor com caracóis* (Edições Pirata); *Campinas, memória poética* (Edição do autor); *Sapato perdido* (Abacatte); *O tico-tico tá?* (Roda & Cia); *A borboleta sapeca* e *As casas do caramujo* (Proac, com versões também em braille).